掺假法

博士 弗兰克·卡森 一直在梦以求的凉爽，泡腾饮料的梦想。在梦中，他一遍又一遍地从床上醒来，穿着睡衣轻轻地跳下床去做手术，使自己沉迷于漫长而又酷又闷的状态，无法使梦境圆满结束。

突然起床，他醒了。渴求仍在他身上；淬火所需的材料，只需走一小段楼梯即可。如果他们的嘴唇足够湿可以打，他会在前景上打。照原样，他推下床单，将一条腿扔下床，这使他坚信自己还在做梦。

因为气氛闷闷不乐，气味浓郁，天花板以奇怪的凸起曲线下降到他头顶两英尺之内。仍然半睡着，他举起拳头，惊讶地向他推去，这种感觉被一种愚蠢的感觉所取代，因为天花板变成了另一种形状并明显发誓。

医生沉思说："我一定在做梦。""甚至天花板似乎还活着。"

他再次劝说它-这次密切关注它。天花板一下子升到了更高的高度，与此同时，一张长着浓密胡须的老脸爬到了它的边缘下，并亵渎地问他这是什么意思。它还问他是否想要自己的东西，因为如果这样，他将以正确的方式工作。

"我在哪里？" 要求那位困惑的医生。"玛丽！玛丽！"

他躺在床上，突然猛烈地撞到天花板。然后，在愤愤不平的天花板能够威胁到它的片刻之前，他滑下床，站在地板上，那是片刻的位置，下一刻是其他位置。

通常，在船底水，焦油和恶劣的气氛中，他浑浊的大脑唤醒了他在船上的事实，但坚决拒绝告知他如何到达那里。他厌恶地低头看着自己穿着破旧的衣服代替了平常的睡衣。然后，随着各种事情慢慢在他脑海中融化，他想起了他最后一次想起的事，他曾警告过他的律师律师哈里·汤姆森，如果他再喝酒对他不利。 。

当他站着看是否还有汤姆森时，他朦胧地想着，不稳步地绕着前楼，一步一步地唤起了露宿者，问他们是否是哈里·汤姆森，所有的回答都是负面的，直到他来到了汤姆森。一段时间没有回答的男人。

医生先摇了摇他，然后拳打了他。然后他再次摇了摇他，给了他一点科学的耳光，直到哈利·汤姆森 以遥远的声音说他没事。

"好吧，我很高兴我并不孤单，"医生自私地说。"哈里！哈里！醒！"

"全部'！" 卧铺说；"我都里'！"

医生再次摇了摇他，然后在他的铺位上前后滚动他。在这种温和的对待下，律师的才干得到了些许光彩，他睁开了一半的眼睛，恶毒地向着他的和平破坏者猛击，直到威胁到阴暗的声音威胁要杀害他们两个。

"我们在哪？" 要求医生从尤其是威胁着的前庭另一侧发出深沉的声音。

答复是："当然，是斯特拉·斯特拉。" "你以为你在哪里？"

医生抓住了朋友床铺的边缘，试图思考。然后，他感到恶心地克服了其他一切，他急忙爬上了台楼梯子，潜伏到了船的侧面。

他在那儿呆了一会儿不动，微风拂过发烧的眉毛，还有一个小的大篷车，他们拉着跷跷板，离他们不远了，因为他闭上了眼睛，望着那蓝色的大海。土地因缺少土地而引人注目，他吟着转过身来，环顾四周-在白色的磨砂甲板上，白雪皑皑的帆布高高耸立在懒散的吱吱嘎吱的声响中，舵手靠在车轮上，向附近的军官倾斜。

博士 卡森感觉好些了，他严厉地向船尾走去，军官转过身，惊奇地瞥了一眼他的破布。

医生大声说道:"我请你原谅。"

"那你想要什么魔鬼?" 要求副驾驶;"谁叫你来这里的?"

"我想知道这意味着什么。"医生狠狠地说。"你怎么敢在野兽的舱底箱上绑架我们?"

"人疯了。"那名惊讶的二等军喃喃地说。

"难以忍受的愤怒!" 医生继续说。"立即带我们回到墨尔本。"

对方尖锐地说:"你真是太难了。" "别管我,别让我再惹你。"

医生喊道:"我想见这艘船的船长。" "马上去取他。"

二等军瞪着他，惊讶地瘫软了一下，然后转向舵手，好像无法相信他的耳朵。舵手指着他的面前，另一人感到惊讶和愤怒，因为他看到另一场热线袭来，步伐不确定。

"卡森，"新来的人无力地说。越来越靠近他的朋友，痛苦地抱住他。

"我正在和他们在一起，汤姆森，"医生大力地说道。"我的朋友在这里是一名律师。告诉他，如果他们不带我们回去，会发生什么，哈里。"

律师用一只手盖住裤子腿上的一个大洞，说："我似乎不知道，我的好伙伴，说到自己所处的非常危险的情况。我们不想苛刻和你-"

"一点也不。"医生默许着，向副警官点点头。

"同时，"先生继续说。汤姆森-"在……"他松开了朋友的胳膊，蹒跚地走开了；医生同情地注视着他。

他秘密地对副驾驶说："他的消化不应该是全部。"

这位先生爆炸性地说道："如果您不能一举成名，那么我会低下头的。"

医生傲慢地看着他，傲慢的汤姆森手臂挽着他，使他慢慢离开。

"我们是怎么来到这里的？" 问先生。哈里·汤姆森，虚弱。

医生摇了摇头。

"我们怎么穿这些令人讨厌的衣服的？" 他的朋友继续说。

医生再次摇了摇头。"哈里，我能记住的最后一件事，"他慢慢地说，"劝告你不要再喝酒了。"

"我没听到你的声音。"律师狠狠地说。"你昨晚的讲话很模糊。"

另一人说："我敢说，对你来说是如此。"

先生。汤姆森摇了摇手臂，紧贴着桅杆，将脸颊靠在桅杆上，闭上了眼睛。他听到声音再次打开它们，然后抬起头来，看到第二名军官带着一个约有五十岁的严厉视线的人走了过来。

"你是这艘船的船长吗？" 医生问，走到他朋友的身边。

"大火与你有什么关系？" 要求船长。"小伙子们，看这里，你们不要在我身上玩任何小游戏，因为它们不会做。你们俩都像猫头鹰一样醉。"

律师对他的朋友微弱地说："诽谤。"

医生以最好的态度说:"请允许我查询所有这些含义。我是墨尔本的弗兰克·卡森博士;这位先生是我的朋友汤姆森先生,是同一位律师。"

"什么?" 船长咆哮着,额头上的静脉突出了。"医生!律师!为什么,你该死的流氓,你和我一起当厨师和腹肌?"

医生说:"有一些错误。""恐怕我不得不请你把我们带回来。我希望你还没走。"

船长嘶哑地说:"把那些稻草人带走。""在我作恶之前,请先将它们带走。我要遵守某人的法律,将两名无用的润滑脂当作海员运送。在我看来,就像是扒手。"

卡森说:"你应该为此回答。""我们是专业人士,我们不会被驳船所虐待。"

"让他说话，"先生说。汤姆森急忙把他的朋友从愤怒的船长身上拉开。"让他说话。"

船长说："到香港后，我会让你们俩陷入困境。""有时间，没有工作，没有食物；听见吗？医生先生，开始做早餐；你，律师先生，求助于这个男孩，教你的职责。"

他回到了小屋。然后，新厨师在同样平缓的指导下，由副驾驶新缓慢地推向厨房。

幸运的是，对于新船员来说，天气持续良好，但是新厨师宣布厨房的热量无法承受。从另一方面，他们了解到他们是由一个机智丰富的寄宿制主人随同其他几个人一起运送的。另一方面，他们是平淡无奇的人，他们还说，他们以令人陶醉的，令人羡慕的中毒状态被带到船上，而当医生将他们明显的中毒状态归因于毒品时，他们粗暴地割。

008.（80）

"你说你是医生？" 最老的海员说。

"我是。"卡森狠狠地说。

"你是个什么样的医生，如果你不知道打的时间是什么时候呢？" 老人问，笑容从嘴到嘴慢慢地过去了。

"我想是因为我很少喝酒，"医生高高地说道。"我本人几乎不知道酒的味道，而对于我的朋友汤姆森先生，您几乎可以称他为酒保。

律师抬起头抬起头来，在裤子上缝了一块补丁，他说："隔壁。"

另一名海员说："如果愿意的话，你可以称呼我为水手，但那不会使他成为一个水手。我只能说我永远都没有足够的时间或金钱来达到你们俩都处在的状态。当您登船时。"

如果前哨是不可思议的，那座舱就更糟了。军官起初几乎没有注意到他们，但感觉到他们的残缺和破烂的外观正对着他们，他们摆出许多风度和风度来抵消这一点，以至于血肉无法静静地忍受。厨师会以先生的身份向他的朋友隐瞒。汤姆森，而将继续以最受影响的话语指代．卡森。

"厨师！" 有一天他们出去的时候，有一天他们擦着船长。

博士 削土豆皮的卡森慢慢地走出厨房，走向他。

"当你说话时，你说'先生'，"船长狠狠地说。

医生冷笑着。

"我的-如果你对我冷嘲热讽，我会低下头！" 对方说，带着邪恶的表情。

医生静静地说:"当你回到墨尔本时,你会听到更多的信息。"

船长说:"您是几个扒手,正在骗绅士。"他转向伴侣。"麦肯齐先生,这两个拉加芬长什么样?"

"扒手,"搭档尽责地说道。

老人开玩笑地说,"这是一件非常方便的事情。""我要去接一个医生。"

先生。麦肯齐大声笑着。

"还有一名律师。"船长黑暗地凝视着正在清理黄铜制品的不幸的哈里·汤姆森。"在发生纠纷时很方便。他是一位真正的海上律师。做饭!"

"先生?" 医生静静地说。

"下来整理我的机舱,看看你做得好。"

医生一言不发地走到楼下，像个女仆一样工作。当他再次来到甲板上时，他的脸上带着几乎幸福的微笑，他的手抚摸着一条裤子的口袋，仿佛它隐藏了一个隐藏的武器。

在接下来的三到四天中，这两个不幸的人不断地工作。先生。汤姆森痛苦地抱怨着，但是厨师戴着狮身人面像的微笑，并试图安慰他。

"这不会长久，哈里，"他安慰地说。

律师之以鼻。"我可以节制地写一篇短文，"他痛苦地说道。"我想知道我们的可怜的妻子在想什么？我希望他们把我们压倒了。"

"睁大眼睛，"医生渴望地说道。"但是当我们回来时，它们会迅速将它们干燥，并问各种问题。哈利，你要说什么？"

律师说："真相。"

"我也是。"他的朋友说。"但是请记住，无论是什么故事，我们都必须讲同一个故事。你好！这是怎么回事？"

"是船长。"刚跑起来的男孩说。"他想立刻见到你。他快死了。"

他被袖子抓住了医生；但是卡森以他最专业的方式拒绝着急。他悠闲地沿着同伴梯走了下来，粗心地瞥了一眼伴侣和副官的面孔。

搭档说："立刻来队长。"

"他想见我吗？" 当他进入机舱时，医生虚弱地说。

船长躺在双层床上，脸部因疼痛而扭曲。"医生，"他气喘吁吁地说，"快点给我。有药箱。"

"您要吃点饭吗，先生？" 尊敬地询问对方。

"该死的食物！" 受害者说。"我要物理。有药心。" 医生把它拿出来，拿给他看。"我不想要很多，"船长吟道。

"我要你给我里面的炽热开瓶器一些东西。"

"对不起，"医生谦卑地说。"我只是厨师。"

"如果您-不-立即为我开药，"船长说，"我会让您发牢骚。"

医生摇了摇头。"我当厨师。"他慢慢地说。

"给我点东西，看在天堂的份上！" 船长谦卑地说。"我要死了。" 医生深思。

"如果你立即请他治疗，我会折断你的头骨的，"那位伴侣很有说服力地说道。

医生对他轻蔑地看了他一眼，转身转向那位穿着毛衣的船长。

他轻声说："我的费用是每次拜访半几内亚。""如果你来找我，先付五先令。"

苦恼的船长说："我将有几内亚的价值。"

医生握住手腕，从主人的口袋里平静地拉出副官的手表。然后他检查了病人的舌头，摇了摇头，从胸腔中选择了一种粉末。

他说："你不必介意它的讨厌。""汤匙在哪里？"

他四处张望，但是船长从他手里拿了粉，从纸上舔了一下，好像是冰冻果子露。

他喘着气说："为了求饶，不要说这是霍乱。"

医生说:"我什么也不会说。""你说钱在哪儿?"

船长指着他的裤子,先生。麦肯齐()的民族精神风靡一时,他拿出了同意的金额,并交给了医生。

"我有危险吗?" 船长说。

"总是有危险,"医生以最好的床边态度说道。"你已经履行了意愿吗?"

对方面色苍白,摇了摇头。"也许您想去见律师?" 卡森说,赢得了胜利。

"我还不够糟糕,"船长坚定地说。

卡森说:"你必须待在这里,照顾船长,麦肯齐先生。""而且要足够好,不要发出那种扑鼻的声音;这使一个无效的人感到担忧。"

"鼻息的声音?" 重复被恐怖袭击的伴侣。

医生说："是的，你有一个令人讨厌的鼻烟习惯。""有时候让我担心的是，我本来想跟你谈谈。你不能在这里做。如果你想打，那就去甲板上打。"

队友疯狂的爆发被船长打断了。"别在我的机舱里发出那种声音，麦肯齐先生，"他严厉地说。

两名同伴都撤回了布丁，卡森在安排了患者的被褥后，退出了机舱，寻找了他的朋友。先生。汤姆森起初是难以置信的，但是看到半主权的人他的眼睛闪闪发亮。

"更好地藏起来，"他忧虑地说。"队长在他恢复健康时会把它收回；这是我们唯一得到的硬币。"

"他不会好起来的，"博士说。卡森，轻松"直到我们到香港为止。"

"他怎么了？" 律师低声说。

医生回避他的眼睛，拉了长脸，摇了摇头。他说："可能是做饭。""我承认，我不是一个好厨师。这可能是从药箱里塞进食物里来的。如果配偶也变坏了，我也不应该感到惊讶。"

确实在那一刻，男孩再次冲向厨房，，着那个先生。麦肯齐平躺在床上躺在他的肚子上，用拳头向空中挥拳，用他的语言挥舞。当他完成故事时，第二名军官出现在甲板上，向前看了一眼，大声呼唤厨师。

"坦白说，你被通缉了。"律师说。

"当他叫我医生时，我会去的。"对方僵硬地说。

"厨师！" 大喊第二副官。"做饭！做饭！"

他向前奔跑，脸红而生气，拳头加倍。"你没听到我打给你吗？" 他猛烈地要求。

"我已经晋升了,"卡森甜蜜地说。"我现在是轮船的外科医生。"

另一位大声喊道:"马上下来,不然我会带你走到你的脖子上。"

"小子,你还不够大,"医生笑着说。"很好,很好,带路,我们将看到我们能做什么。"

他跟随下面无言以对的二等军官,发现男孩对一等军官状态的描述是阳光直射月光,酒是水。甚至二等军也惊呆了,并提出抗议。

"立刻给我点东西,"先生说。麦肯齐。

"您希望我承担您的案件吗?" 平静地问医生。

先生。麦肯齐说,他用了七个冗长,侮辱和邪恶的句子。

"我的费用是几内亚,"医生轻声地说,"那些付不起更多钱的穷人,同伴之类的东西,我有时会少付些。"

"我先死。"伴侣大叫。"你不会从我身上得到任何钱。"

医生说:"很好。"然后就出发了。

"大伙子,把他带回来,"伴侣大声喊道。"别让他走。"

但是第二名警官,他的眼神看起来很奇怪,正向后靠在座位上,双手紧紧抓住桌子的边缘。

"快来,快来,"医生愉快地说道,"这是什么?罗杰斯,你一定不要生病。我要你再护理另外两个人。"

另一个慢慢站起来,用缺乏光泽的眼睛看着他。"告诉第三军官,"他慢慢地说。"而且,如果他也要护理,他会全力以赴。"

医生派男孩去告诉三等兵他的职责，然后站着看着先生的异常和蛇形的卷积。麦肯齐。

"你说多少钱？" 后者发出嘶嘶声。

医生很高兴地重复道："穷人，探望五先令；很穷的人，半冠。"

悲惨的伴侣吟道："我将拥有半冠的身价。"

"麦肯齐先生。"船长的船舱里传出微弱的声音。

"先生？" 对遭受折磨的伴侣大喊。

"别这样回答我，先生。"船长尖锐地说。"您能记住我生病了，不能忍受您正在发出的那种可怕的声音吗？"

对方喘着气说："我太病了。"

"病吗？废话！" 船长严厉地说。"我们都不能生病。那艘船怎么样？"

没有回音，但从另一间小屋传来了先生的声音。听到罗格斯人疯狂地呼吁医疗援助，并提供了不可能的金额来换取医疗援助。医生从一个小木屋走到另一个小木屋，首先收取费用，然后给病人服用各种药水。然后以厨师的身份走上前去，给他打了个稀饭，叫稀饭，他坚持要他们吃。

多亏了他的技巧，伤残者才摆脱了更加痛苦的痛苦，但这种自由伴随着一种软弱，令人震惊，以至于他们几乎无法从枕头上抬起头来，这种状况激起了第三者的强烈嫉妒。军官，由于他的责任，也许也没有人。

在这种虚弱的状态下，船长担心即将解散，所以船长送了先生。哈里·汤姆森，并在对律师和高利贷者进行一些比较之后，强调后者的某些赎回特征，于是付出了几内亚的代价并立下了遗嘱。他的榜样，除了费用，随后是伴侣。但是先生 罗杰斯（）被医生以他的朋友的名义暂时接近，摇了摇头，感谢他的星星，他没有什么可离开的。他说，他很享受自己的钱。

他们走近香港时慢慢地想着，尽管对先生先生有些脾气。麦肯齐的那段时期，他抛出了关于退还钱的不祥暗示，这使他的案子复发了。当他们停泊在海港时，他仍在床上。但是船长和他的第二名警官能够越过上面，并向相邻的躺椅表示祝贺。

"你确定不是霍乱吗？" 在听到这个故事后，问了一位在登机时登上他们的船长的代理人。

"积极，"卡森说。

代理人说："他们让您加入公司，这是非常幸运的事情-非常幸运。"

医生鞠了一躬。

另一人说:"似乎太奇怪了,他们三个同情。""看起来好像具有传染性,不是吗?"

"我不这么认为。"医生高兴地接受了一个提议,要求在发射场上岸并换上一些体面的衣服。"我想我知道那是什么。"

009.(39)

斯特拉的船长竖起耳朵,二等军向前张开嘴唇。卡森在副手和律师的陪同下走向发射场。

"它以前如何?" 船长焦急地哭了。

医生说:"我认为您吃了一些与您不同意的东西。""再见,队长。"

斯特拉船长没有回音，只是虚弱地站起来，摇摇晃晃，在发射器驶向岸边时摇了拳。虔诚的教养医生卡森，亲了亲他的手。

www.ingramcontent.com/pod-product-compliance
Lightning Source LLC
LaVergne TN
LVHW021749060526
838200LV00052B/3551